いちまいの羊歯

國森晴野

新鋭短歌

いちまいの羊歯 * 目次

いちまいの羊歯

いちまいの羊歯

降る花に羊は糸の眼をひらき忘れた歌をうたいはじめる

わかちあうようにふたつの心臓のかたちの葉をして双葉葵は

慎みに触れればひとつまたひとつひらかれてゆくあかるいつつじ

灰色の舗道にやわらかく落ちる影、声、祈りのような紫陽花
向日葵の海を泳いで辿りつくあなたの背という陸の確かさ

コンナコトキミダケデスと囁いた舌のうえにはいちまいの羊歯
染まるのは指先ではなく言葉ですしずかに剝いてゆくぶどうの実

水を切る小石のゆくえを知るようにあなたは笑う果てだとわらう

終わらないために離した指でしたムラサキキャベツ色の朝焼け

指はしずかに培地を注ぐ

かみさまの真似をしてみる20℃の試験管にはみどりが澱む

息をする水溜りから引き抜いたシリコン栓はうすく湿って

バーナーの焔がつくる真円《しんえん》に降るものはなくきよらかな円

無いものは無いとせかいに言うために指はしずかに培地を注ぐ

寒天は澄んでわたしの胎内とひとしく熱を与えつづける

コロニーと呼べばいとしい移民たち生まれた星を数える真昼

名づけるために掬いとるのは嘘ひとつ混ざらぬように白金の匙

青じろく焼かれたままでいることを作業のように受け容れている
組み立ててゆく右手にはばらばらにする左手がいるから平気

移民たち目覚めればただ透明な土地に築いた脆いふくらみ

（見つけるよ、 きみを） 遠心分離器は第一宇宙速度でめぐる

浮かぶのはぜんぶにせものへばりつく欠片を無菌チューブに移す

さやさやと銀のクリーンベンチには精製された声がきこえる

蛍光を放つかすかな色調を96穴《けつ》プレートに置く

ゆるやかにたちあがる線　猥雑な波をぱちりとクリックは切る

傾きは滅びる速度でもあって自乗してみる相関係数

台無しにしたいな固く閉じられた蓋からほそく冷気はこぼれ

がしゃがしゃと洗うビーカー曖昧な目盛りで捨てたいものだけ計る

透明な表面するり撫でてゆく超純水の滴はにがい

亡骸は排水口に吸い込まれシンクをふかく満たすつめたさ

なにひとつ残さないよう燃やすからアルミニウムで包んだ鋏

書きかけの野帳の端を折っておくつぎの誰かに伝言として

窓のない部屋を閉めればささやきは宇宙にはもう届かなくなる

たたみ忘れた翼のように持ったままわたしは傘と線路を渡る

錆びついた味をわけあうひとなんてどこにもいないアイスクリーム

ひからない星をひとりでひとつだけ数える今日を右手でとじる

環をひとつ

からっぽの背をあたためる春の陽は翼の記憶をゆるやかに溶く

真夏日の街をまっすぐゆく君が葉擦れのように鳴らすスカート

ひとつおき夜を灯してえいえんのＬＥＤの青はさみしい

（またあした）声にはならず月のことばかり話しています今夜も

約束の環には甘くて朝焼けのポンデリングをふたつにわける

終点は真冬のふたり円環の街をしずかに車輛はめぐる

あなたと暮らす

さよならのようにつぶやくおはようを溶かして渡す朝の珈琲

寄り添って眠りに落ちてゆく午後の映画のようにあなたと暮らす

椎茸はふくふく満ちるとりもどせない夕暮れをかんがえている

親指はかすかにしずみ月面を拓《ひら》くここちで梨を剥く夜

嘘はもう見抜かないからここにいてそっとペーパームーンを囓る

（ココニ・イマス）掌中受信機銀河系第四惑星通信傍受

遠くまできたねと深夜営業のあかりをふたりで辿れば星座

あの青に還りましょうかぴかぴかの荒巻鮭を抱えて歩く

工場の朝

鈍色のきりんの群れが鉄を食む足元をゆく工場の朝

風の日はくりかえし鳴る電子音ショウメイフカのからだを運ぶ

蛇口から果てしない水てのひらを晒して今日を確かめている

電源をオンにしてゆく指はまだ花緑青《はなろくしょう》には染まらないまま

わたくしとせかいがまじわる割合を電導率で記録していく

いっしんにみどりを釣りあげるひとのうなじの斜面を這いのぼる蔦

菌体を植継いでゆく白金耳（なぞれば消えない跡がつきます）

やわらかく学名を呼ぶ周波数シャーレのなかで芽胞を揺らす

光軸をあわせる指に触れたくてぼやけたままの深度を保つ

図鑑のようにあなたをひらくあたらしい名前を教える声は響いて

共栓はひたりと瓶に嵌められて時間と事実を封じる水面

惹かれあう強さも向きもていねいに暴くクロマトグラフの軌跡

ナトリウムイオンの量でかなしみを測るあなたは定時に帰る

電源を落とす瞬間海にゆくひろい背中が点いては消えて

（水星になくて僕らにあるものは）耳打ちされる地軸の秘密

朝顔の渦巻きの向き確かめる公転周期の手がかりとして

すべりおち溶けてく響き肋骨に沿ってみどりの花弁をひらく

正しさを並べた胞子を掬うようあなたの舌に舌を挿し入れ

くらやみにうすくひかりをはなつのは医薬用外劇物の赤

口にしてたちまち朽ちるクロロフィル無菌培養していた罰に

零れるもの　必要ならばわたくしの掌の傷からの水滴

たたまずに座ればふわりあちこちでこぼれる羽根で床はひかって
染みついた記憶は混ざりあってゆく回転ドラムに眠るぬけがら

慎ましく告げる深夜の冷凍庫〈銀河を宿す氷菓あります〉

葉脈を紡いでゆけばこの星を包めるほどのやわらかな布

せかいにはもういらないの糸鋸であなたのかたちを切り抜く真昼

絶え間なく嘘をつきつづけています袖口からは蔦のみどりが

ゆうぐれに手首を掴む感触は風船葛《ふうせんかづら》ほどのたしかさ

指先で祈れば種は放たれるたぶん未来のほうで咲きます

海であった記憶をたどる岸辺には円石藻《えんせきそう》のかけらが眠る

取水扉《しゅすいひ》を一段さげるすきとおるつめたいさみしい水だけ欲しい

ひかりならあふれていますうつむいたみみたぶからもつまさきからも

ときどきは知らない人が流れつく第三取水塔にも朝が

うさぎを抱いて

新月にうさぎを抱いてわたしたちどこへ帰ればいいんだろうね

千葉行きの車輛で向かいあうひとのつまさきばかりひかる二時半

制服の裾から音符こぼしつつ時間飛行をする少女たち

たましいも洗えるのかな身体ごと光が跳ねる水面に浮かべ

逆光の教室ファンタオレンジは指の跡から沸騰するの

左手のレモン牛乳なまぬるく渡り廊下の先は知らない

携帯にのこされたのはいくつものきみの標本消せないことば

水滴に映る無数のわたしたちひとりくらいは笑っていてね

駆けてゆく靴の裏側眩しくておいてけぼりの長い影です

ひとりではさみしいのです手を繋ぐ酸素はきみの歳月を越え

忘れられた星を数えるようにして銀木犀の小径をあるく

俯いた靴下だけがのこされて月に降り立つようなつめたさ

葉子さんと呼んでいました横須賀の祖母は夜中に紅茶を淹れる

囓りつく胡桃のタルト妹と埋めたひみつは森にこぼれる

ひらかない場所

一月のままの部屋にも雷は来て硝子戸はしろく瞬く

好きなのを選んでごらん告白を包んだ一粒だけ苦いから

さよならを言いだせなくて鯛焼きときみと朝陽をみにゆく二月

ひらかない場所が確かに在ることに温められて去る春の部屋

無邪気さを手なずけきみはうたかたのポップコーンを海にばらまく

八月の街にすずしい風を呼ぶ南半球からの伝言
幾億のなきがら舌で転がしてうみはひろいなおおきいなって
方舟は拒まず朽ちてゆく今日もおわりはじめる空を湛えて

かいぶつに恋した少女の瞳《め》のままで夜のりんごをひとくち囓る

海鳥を呼ぶ

うすがみに包まれているはつなつをひらいて僕らは港へ向かう

ささやきは裸足を撫でる幾億の骸の果てに辿りつく島

海でなく街のしずくを連れてきた半透明のきみを拭きとる

示すのはかつての未来燈台は瞼をとじて海鳥を呼ぶ

海を駆け道を示したひとびとの末裔たちが啜る珈琲

足裏に熱を孕んで砂粒はこんなに粒だとわらいあえたら

すこしだけ寄せあう肩に降りてくる一日《ひとひ》をとじてゆくほしあかり

紺色の布はせかいにおろされて燈台守の記憶は眠る

僕たちはただの管です貫いて繋いで満たす水はかなしみ

曖昧な境界線を引き直す　朝をおしえる真白のひかり

珈琲はおなじ苦さで果てでさえきみとの日々はたしかにつづく

青はただ僕らを抱いて青はただ僕らを満たす　燈台の島

雨、それぞれの

目を閉じて三つ数えるくちづけは最初の雨の匂いがします

隠したいことを数えるのはやめてふたりを包んでゆく雨の布

雨はやっぱり降ってしまうね赤道にのこしたきみのちいさなへこみ

さみしさの積もる真白の犬の背をしずかに撫でる青森の雨

からっぽの手を繋ぎますそれぞれに失くした傘の話をする日

切りすぎた前髪のまま追いかけるわたしは雨のはじまりに立つ

水茄子を食む

みずいろの星はひんやり棘があありあなたの熱で溶かされてゆく

水槽に棲むような午後くちづけでぬるい酸素をひとくち渡す

生物と分類されるふたりなら互いの水を交わさなくては

あれは蝶いいえ破れた恋ですよ十枚集めれば当たりです

消えてしまえきえてしまえと冬の夜に紙石鹼をあわだてている

生きているように手帳の空白を埋める研修／培養／会議
ゆうぐれのくちづけをまだ憶えてる食卓に在る鍵のつめたさ
しゃくしゃくと水茄子を食むこいびとであったひとさしゆびの跡まで

のみこんだ小石はしんとつめたくてかえりみちならもういりません

手芸ならすこし好きですばらばらのあなたの指を繕う岸辺

乱暴なカフェオレを飲む　朝はまだ花の模様の硝子の向こう

ゆきのなか

灰色のひかりを柔《やわ》くとじこめて僕らの街にふる粉砂糖

五分だけ遅れたひとの抱擁に冬のにおいを確かめる夜

ゆきですとつぶやくきみにすきだよとこたえるようにあおぐ、ゆきだよ。

きみだけがたったひとつの色でした真白の街をみつめるみどり

順序など知らない僕はゆきのなか経口感染した恋を抱く

とっておきのさよなら渡す僕たちに雪は寄り添いなさいと積もる

まっしろな片道切符ゆきさきを答えるようにその手を握る

きみのいない街に降ります積層のパンケーキには雪のシロップ

夜の裏地

ゆうぐれの国へと川を越えてゆく選ばなかった列車を仰ぐ

踏み込めば月まで届く　自転車とわたしが分かつ風はすずしい

暗闇がただの暗さであるように夜に裏地を縫いつけていく

種を蒔くひとは遠くて咲くことを知らずにこぼれ落ちるのでしょう

楽隊は行ってしまった　きんいろの拍手のなかを裸足であるく

白線の外側で待つおしまいの列車は定員一名でした

の、町

雲海を駆ける響きに少年が雨の予言をする角の町

（わたしだけ目を覚ましたの）ゆりかごをほどく少女は笑む糸の町

採決は月のひかりで腕のなか議長があくびをする猫の町

足跡で影でせかいに記されたすべての僕らを知る本の町

さらさらとこぼれるものをとじこめてえいえんのゆめをゆめみている砂の町

砂に沈む螺旋をひとつ　ここに無い海を知るため聴く貝の町

揺りかごは海へと向かう微睡みのなかで魚になる舟の町

待つことの嘘とさみしい幸福を誰かのために抱く蔦の町

深くふかく封じたひとの熱量を語ることなく在る鉄の町

境界を溶かしてしまう水彩のように僕らに降る雨の町

（何もかも見えます何処にも行けません）風に囁かれる塔の町

渡り鳥のように僕から遠くなる日々を音符にして歌の町
南東の風を合図に僕たちはただきんいろになる楡の町
呼ぶ声に似ているというまぼろしの音色にふりかえる笛の町

ひとりきり掠れる声に瞬いたひとつを標にして星の町

指先にかすかな色をのこしつつ今日がひらいてゆく青の町

つくられたひかりのなかに降るひとを眩しく受けとめる僕の町

願いごと託すことなくその腕で掴むひとつの星、君の町

かたおもい

くしゃくしゃの地図をひろげてうつくしい月の在処にしるしをつける

くちうつし

天国はなくなりました群集の彷徨う果てに満ち潮の声

てなぐさみ

正解をみつけたことを知らせずにぐいと飲みほす檸檬サイダー

せみしぐれ

近づいた駅にはきみが不器用な口笛吹いて六時を待つよ

ちえぶくろ

読まれずに砂に埋もれた手紙には枇杷の葉ひとつ綴じられており

よすてびと

さかさまに雲をながめる来世でも選んでくれたビールを飲むね

さくらえび

向こう岸　手を振るひとに告げぬままポラロイドには海だけのこし

むてっぽう

冬の陽に佇むことの理由などないままきみとラテをわけあう

ふたりなら

（答えなら、　いらない）雪のごときみの声は真冬に濾過されてゆく

こいごころ

ことごとく濡らしたままで重ねれば朝をしらずに眼をとじている

こぬかあめ

繭のなかたゆたうきみに朝を告げしあわせの糸たぐれば蝶が

またあした

ねむたげな楽譜をひらくわたくしの口笛かすかにバニラのかおり

風向きをたしかめる手はおおきくて求めることは悼むことです

ねがわくば

かたおもい

春のひと

吹き抜ける風のなごりとして君の前髪に咲く春、　さくらばな

三月は裸足でゆくねつめたさの飛沫をうたうつまさきの紅

青空にひろがる銅のあみだくじ君の窓まで声が繋がる

ゆうやけを縫いつけてゆくいもうとの足踏みミシンはちいさく鳴いて

風のない午後に置かれたすずしさを揺らして君と食むわらびもち

日常のかけらのように書いている夜の色した服の在り処を

不自由なくちづけでした天からの糸に繋がれ僕らはふれる

あの虹を君は広野に見るだろう空白を抱き立つ春の庭

青いバス

声をひとつ抱いて乗り込む車輛には北行きとのみ記されており

夜をゆく軌道にねむる　唇はじょうずにつけた嘘のかたちで

紺色のダッフルコートに点々と散る星があり僕らにも冬

言い訳をしているようにぽつぽつとディルを散らしたサーモンスープ

うすみどりいろで包んだ肩先にウムラウトつきの文字は降りゆく

呼ぶ声は砂を流れる水のよう緑はやがて僕にも芽吹く

ピクルスをざくりと嚙めばさらさらと天気雨です遠く在るひと

廃線をえらんで歩む夏の陽に背を灼いてゆく灰になるまで

（歪んでる僕らはきれい）陽に透けるペットボトルをぐしゃりと潰す

鳩の眼は向こう岸だけ見ています群れているのは橋になるため

ゆうぐれの水面に映る蔓草はしずかに彩る街の亡骸

瞬きもせずに雨滴はおとされて空に溺れることもできない

名前だけ連れてゆきます泳ぎ方を知らないままで佇んでいる

音もなくとじてゆく庭　鉄骨は祈りの場所のように聳えて

燃える樹をじっと見ている頬あかくこの世界から離陸する鳥

境界はただここにある　さかさまのあなたを呼んだ塩の平原

空からの歌だけ聴いて神々のひみつを包むように秋雨

薄氷《うすらい》の蝶は遥かなひとからの手紙のようで触れたらひかり

そのさきはうつくしい街　行きましょう選んだ青いバスに揺られて

降り立つ手紙

羽ばたきのようにかすかな音をたて郵便受けに降り立つ手紙

眩しさを切りとる窓辺　書きかけの文字のかわりに花の名を置く

消印を地図にさがしてきみという星の軌道をただ思うこと

星を発つ船を待ちます便箋の余白に記す地上の日付

こちらにもふゆがきましたふうをして目印みたいにうさぎの切手

箱庭に春を呼ぶひと　呟きは僕という名の花を咲かせて

似ていないことがすずしい風になるおおきな背中に手を振った朝

星ですか手紙でしたか未来です　からっぽの手に落ちてきたのは

嘴

終わらせたこころをひとつＤ列の鳥卵標本箱におさめる

（そんなにも綺麗なものが）抜け殻の鴉はそっとおしえてくれる

蝶の仔を嚙んでおおきくなりましたまっくろなのは誰に似たから？

針金の家におかえり隙間から夜はやさしいことを教える

右肩にささるあなたの嘴をもっと埋《うず》めるあなたを知りたい

つばくらめ渡りをわすれたふたりへと冬から届くしろい外套

色つきのひよこは知らない明日など見ずに空だけみて鳴いている

毟られるよろこび　あなたのてのひらに包まれ二度と飛べないなんて

やわらかなはじめての場所　足跡のように残した朱を数える

繋がったままで化石になりましょう翼竜みたいに鳴くわたしたち

三月の港

行き先は春の突端やわらかな白い模様のストール巻いて

京急の窓には雨の灰色がにじんでぼんやり冷める焙じ茶

咲きかけの枝をいくつもくぐり抜け開演前の谷間をすすむ

ひらひらと言葉をまとう魚たち深海色の列車を降りる

1番のバスは発ちます半島の重力にやや傾いたまま

まっさきに海をみつけた指先が灯すちいさな決意表明

（いちめんの空だったのに）大橋に隠れた歌碑は鳥を見あげる

ふと歩みとめれば文字に残される白秋記念館の曇天

いつもなら富士が見えるとくりかえす案内人に積もるうたごえ

黄水仙まぶしいわけではないのです足元だけをみつめてひらく

満ちていた過去のかけらを踏んでゆく青の混ざった海沿いの道

目をとじている建物を数えてくおなじ数だけしっぽが揺れる

照らさない灯台に住む警官としずかに空を読む風見鶏

制帽の紺にぐるりと白をひく潮風あさく頬を掠めて

持ち帰りできます青く窮屈な海を鱓《うつぼ》はぴしゃりと叩く

卵とじされた栄螺《さざえ》はもうすこし海の話をしたかったから

隣り合う不思議を摘《つま》みあげているつめたい鮪を醤油に浸す

一粒は一滴になるきみの瞳《め》にしずかに映るゆめの海原

見渡せる町のひろさをてのひらに載せて記念写真を撮ろう

既知となる国土地理院地形図のひとさしゆびが触れたみずいろ

洗い流したはずのきみから波の音がきこえてきます　眠るね

大橋をあるいてわたる夢をみる探してくれる鳥ならいます

見逃した朝陽の真似をしてほしい裾を摑んだ指のまぶしさ

オレンジを求めるうちに迷い込む花の名前の朝食会場

とろとろと注ぐ緑茶のみどりいろそろそろ船に会いに行こうか

目印をつけておきます紅白の色鉛筆のように灯台

（百億の昔もこんな空でした）きみが佇む時の積層

届かない深さで春は揺れている海のみどりを並んで見てる

ダンディの二軒先にはロマンスが待ち受けている通りを歩く

さかさまに僕らが映るぴかぴかの山星船具店の浮き玉

しどけなく晒す白身を眺めつつミルクのつかない珈琲を飲む

もういないひとの気配を訪ねたい二階の窓にのこる表札

まるいちのゆうぐれはほらいいい匂い路地に並んだ椅子のさざめき

熱々の蛸を数えて三月の終わりを数えるのはやめました

駅行きのバスの窓から眺めれば遥かに黄色が埋めていた町

からっぽの校舎の窓はそれぞれに染まり幾何学模様をつくる

深海の列車ぱかりと口をあけ青に戻ってゆく魚たち

向かいあう席で瞳は見ないまま跳ねてる前髪とだけ話してる

海だったねとつぶやいてストールを丸めて居ない海月のかたち

今度はきっとしらすになってひとつずつきみに食まれてみたい浜辺で

解説　新しい扉とあたたかな諦念

東　直子

同じ場を共有したことのある人と、しばらく時間が経ってからそのときのことを回想すると、エピソードやディテールが異なっていることがある。それは違うよ、と誰かが訂正したとしても、たいてい、いやぜったい〇〇だった、などと主張する。体験した人の脳内で、エピソードやディテールが変化してしまったのだ。それなのに、その人の頭の中で記憶の海に沈めてしまえば、それはその人にとっての真実として定着する。

今見ている景色は、人によって変化する。ある人にとっては取るに足らない風景でも、ある人は強く心を動かされる。多くの人が通り過ぎるものに、ふと足をとめて注視し、その人の感性や想像力を駆使して見せてくれる新しい世界。言葉で、そんな新しい世界を作り上げることができるということを、國森さんの歌は教えてくれる。

鈍色のきりんの群れが鉄を食む足元をゆく工場の朝

工場の金属の建造物を「鈍色のきりん」に見立てたのだろう。工場という非日常空間の特異性を伝える比喩としていったん受け取るが、なんどか読み返すうちに、金属製の巨大なきりんが工場の鉄をゆっくりと食べている図がくっきりと浮かび上がってくる。この歌の作中主体は、そんなことはおかまいなしに、その足元を平然と歩いている。ＳＦファンタジーの映画を観ているような楽しさがある。國森さんの短歌は、私たちが日ごろ慣れ親しんでいる景色から、新しい世界への扉を開けてくれる。

楽隊は行ってしまった　きんいろの拍手のなかを裸足であるく

秋の銀杏並木の下を楽隊がにぎやかな音楽を奏でて通りすぎていった。空から降ってくる金色の葉を「拍手」として捉え、名残りを惜しむように楽隊の通りすぎた道を裸足で歩く。歌の中を歩く、おそらく少女の心を追随することで、うれしいような切ないような気分が高まり、拍手として金色の葉を浴びる陶酔感に浸ることができる。

世界が、こんなふうだったらどんなに楽しいだろう。そう思う気持ちを実現するための器としての短歌が、のびやかにその独特の感覚を受け止める。

うすがみに包まれているはつなつをひらいて僕らは港へ向かう
青空にひろがる銅のあみだくじ君の窓まで声が繋がる

海や青空といった、歌言葉として定番の素材を詠みつつ、新たな風景が広がっていく。うすがみをひらいてひろがる「はつなつ」の爽やかな浮遊感。青空の「あみだくじ」として捉えられた銅線をたどる声。現実の世界の被膜を一枚めくった先にある別の空間へ誘われていく。この二首は相聞歌として読めるが、さわやかな透明感がある。

これらの歌をはじめ、相聞歌の多い一冊なのだが、一貫して冷静な視点がある。そこには、作者の現実の日常も大きく関わっていると思う。

國森さんは、大学院で土木工学を専攻し、現在は水質検査等の仕事に携わっているという。そんな理系の現場の経験をもとにしたと思われる作品が興味深い。

無いものは無いとせかいに言うために指はしずかに培地を注ぐ
寒天は澄んでわたしの胎内とひとしく熱を与えつづける
コロニーと呼べばいとしい移民たち生まれた星を数える真昼

この三首は、「指はしずかに培地を注ぐ」の一連の中に連続で並んでいる作品である。シャーレに注いだ寒天の培地に細菌を植えて保温しておくと、寒天の表面にコロニーができる。こうした実験の作業を踏まえた上で、歌の中では独自の広がりを見せる。実験をする行為は、科学的な根拠に基づいて予測を立て、経過を観察することである。そこには感情のような曖昧なものを挟むことはない。だが、國森作品の中での実験現場は、しずかな叙情につつまれた、やさしい情感がある。

「実験」という意味では、言葉の上での実験も得意とする。

（わたしだけ目を覚ましたの）ゆりかごをほどく少女は笑む糸の町
砂に沈む螺旋をひとつ　ここに無い海を知るため聴く貝の町
待つことの嘘とさみしい幸福を誰かのために抱く蔦の町

「の、町」というタイトルで「〜の町」で終わる歌を集めた連作から引いた。「〜」の部分にはなんらかの名詞が入る。この三首だと、「糸」「貝」「蔦」である。都市の名前を冠する名詞の持つイメージを広げて想起された架空の「町」。ほどかれていく「糸」。螺旋の奥に海の音を閉じこめている「貝」、嘘と幸福をからめる「蔦」。言葉が言葉の世界に広げた架空の地図の上で、架空の人々の喜怒哀楽が蠢き始める。一首ごとに景色ががらりと変わる楽しさは、名詞の醍醐味を再認識することでもある。
また、「かたおもい」の一連は、折り句作品ばかりが集められている。

正解をみつけたことを知らせずにぐいと飲みほす檸檬サイダー
読まれずに砂に埋もれた手紙には枇杷の葉ひとつ綴じられており
風向きをたしかめる手はおおきくて求めることは悼むことです

せみしぐれ
よすてびと
かたおもい

いずれも折り句として作られたことを意識させない自然な韻律である。折り句の言葉が醸し出す季節感やメージ、感慨が、それぞれの歌の中で息づいている。

こうした「町」シリーズや折り句の完成度の高さは、言葉マニアに違いないと思わせるものがある。

せかいにはもういらないの糸鋸であなたのかたちを切り抜く真昼
ひらかない場所が確かに在ることに温められて去る春の部屋
終わらせたこころをひとつD列の鳥卵標本箱におさめる

これらの歌には、果たせなかった恋の、消え残った心の、しずかな微熱を感じる。あたたかな諦念と呼びたくなるような、切なさをしみじみと味わっている安堵感と美意識がある。糸鋸で切り抜いた「あなたのかたち」、「確かに在る」という「ひらかない場所」、「鳥卵標本箱」の「D列」。永遠にそのままの状態を約束されているもの、という共通点がある。この永遠性が安堵感に通じ、不変の美へと繋がるのだろう。

言葉が着地することで芽生えた心。それは、永遠に成就することなく、その場で美しい凍結をすることがある。國森さんにとって短歌とは、自由で、かつ不自由な言葉の世界の美しさを堪能するためにあるのだろう。

歌集の最後に置かれた「三月の港」という一連は、神奈川県の三崎港を訪ねた折の連作である。

咲きかけの枝をいくつもくぐり抜け開演前の谷間をすすむ

隣り合う不思議を摘みあげているつめたい鮪を醤油に浸す

ダンディの二軒先にはロマンスが待ち受けている通りを歩く

他の作品に比べて事実を下敷きにしていることがより分かりやすく伝わり、リアリティーがある。しかし、「開演前」「隣り合う不思議」「待ち受けている」と、言葉をこだわることによって、現実に心地よいずれが生じている。この方法にも、今後の新たな可能性があるように思う。

コンナコトキミダケデスと囁いた舌のうえにはいちまいの羊歯

表題作である。「舌のうえ」に載せられた羊歯は、二枚目の舌のように思えてくる。「コンナコト」ってなんだろう。片仮名表記がコミカルな味わいを演出しつつ、だんだん怖さも迫ってくる。この、囁き声の二面性は、そのまま作品の奥ゆきになる。

一首が含む多面性。それは、言葉を探り、言葉を育てる過程で生まれる醍醐味である。読み返すほどに歌が放つ光や音や心情が微妙に変化する、一筋縄ではいかない一冊なのである。

あとがき

二〇〇七年の、秋のことです。

タイトルと表紙に惹かれて手にした文庫本。刊行記念のサイン会の告知に、せっかくだからとその場で申し込みをしました。当日、さらさらと書かれたふたつの名前に添えられた言葉が、短歌を切り取ったものだと気がついて、わ、と思いました。格好いい。

東直子さんと穂村弘さんの共著である『回転ドアは、順番に』。

それがわたしと短歌の出逢いでした。

読むけれど、詠んだことはない。そんなとおい距離にあった短歌に手を伸ばしたのは、東直子さんのトークイベントで渡された、短歌教室の案内がきっかけでした。すきな短歌を詠むひとが、自分の短歌を読んでくれる。夢みたいなことって、あるんだなあ。そうだ、恋のうたを詠んでみたいな。三十一文字を並べたこともなかったわたしは、そうして初めて短歌をつくりました。それが二〇一〇年の、夏のことです。

月一回のNHK文化センターでの講座に課題を提出するだけで精一杯だったわたしに、講師の東直子さんをはじめ多くのひとが詠むことのたのしさを教えてくれました。朝の歌会に、歌集や連作の勉強会。春の海にでかけた合宿の思い出は、連作になってこの歌集におさめられています。

ＳＮＳを通じて知り合った友人たちとは、お題を投げ合って折句に挑戦したり、大好きな物語の舞台である街を題材にして詠んでみたりと、さまざまなかたちで一緒に短歌をたのしんでいます。

恋のうたを詠みたい。そこからはじまったわたしの短歌には、架空の物語だけがありました。自分の経験や事実ではなく、ただただ憧れや想像を言葉にしたいと思っていました。そんなわたしに、そこにあるものに触れてごらん、と言い続けてくださった方々のおかげで、第一歌集を上梓することができました。在るものも、無いものも、恋でも、恋でなくても。詠むことは、わたしにとってとてもたいせつなことだと気づかせてくれて、ありがとう。


監修をしてくださった東直子さん、装画を描いていただいた青さん、装丁の東かほりさん、そして出版の機会を与えてくださった書肆侃侃房の田島安江さん、黒木留実さんには歌集づくりにあたってたいへんお世話になりました。改めてお礼を申し上げます。

最後に、この歌集を手にとってくださったみなさまに、こころからの感謝をこめて。

いつかどこかで、笑顔でお会いできますように。

今日も星の街の地図をひろげて

二〇一七年　國森晴野

■著者略歴

國森 晴野（くにもり・はれの）

栃木県出身。東北大学大学院工学研究科土木工学専攻修了。
2010年よりNHK文化センター青山教室にて東直子講座を受講し、
短歌をはじめる。

Twitter : @knmr_sorata

「新鋭短歌シリーズ」ホームページ　http://www.shintanka.com/shin-ei/

新鋭短歌シリーズ36

いちまいの羊歯《しだ》

二〇一七年三月十二日　第一刷発行

著者　國森 晴野
発行者　田島 安江
発行所　書肆侃侃房（しょしかんかんぼう）
〒八一〇-〇〇四一
福岡市中央区大名二-八-十八-五〇一
（システムクリエート内）
TEL：〇九二-七三五-二八〇二
FAX：〇九二-七三五-二七九二
http://www.kankanbou.com　info@kankanbou.com

監修　東 直子
装画　青
装丁　東 かほり
DTP　黒木 留実（書肆侃侃房）
印刷・製本　株式会社西日本新聞印刷

ISBN978-4-86385-255-6　C0092